【ツオッソ】

S N B

文芸社

はじめに

生きるって何でしょう。生きることにふっと疑問を持ち、立ち止まって書きためた詩の数々が、これから皆さんにご覧にかける世界です。詩を書くことで、私は私と向きあえました。それは今でも変わりません。人間としての自分の在り方、存在意義探しの気ままな小旅行を、私は詩作を通じてしているのです。これが、まるでトイレで排泄物を流した後のようにすっとします。気持ちが落ち着いていきます。ですから、詩作は、私にとっての排泄行為と同じくらい大切なものなのです。人間、所詮、強がっていても、他人から強そうに見えても、誰しも弱い部分を内に秘めていることと思います。

前編は、紆余曲折ありながらもまだ、詩作によって自分自身に防衛規制（不安が生じた時に精神的な不安定を保つための心の働き）が出来ていた頃のものです。

中編をはさんで…。

後編は、心のコントロール不能な状況から再生してきた私の、再びの自分自身への、あなたへの、世間一般へのメッセージです。

では、どうぞ。

Cuoツそ

前編

first part

無題

どうしようもない　現在（いま）を
打開する　手段（すべ）を
見い出せなくて
混沌としている　日々を過ごす私

丸々と太った　フトモモを
見て　これは
私じゃない！
と思いながら　これが
現実の自分であることを
受け止め　認めていかなければならない
自分自身へ

食べては　消化し
食べては　消化し
だけど
本当に　心の底から

おいしい　と思うものを
食べているんじゃないんだ
何かが　欠けている
何かが　欠けている

カビ

本当は　いい奴なんだけど
おとうさんの大好きなお酒も
きみが毎日飲むヤクルトも
おねえさんが欠かさず食べるヨーグルトも
おかあさんがつくる味噌汁のミソも
あにきがネチネチやっているナットウも
全部きみのおかげなんだけど
でもね　許せないんだ

Japanese History

こいつを
嫌っていう奴は
こいつの
正体を知らないんだ
こいつの
楽しさを知らないんだ
こいつの
流れを理解（わか）っちゃいないんだ

好きになろうぜ

食べてしまう

欲求不満が溜まると
冷蔵庫のドアが
バタン　バタン
ヘルスメーターの針が
グーン
おなかが
パンパンの　ポンと

蚊

こいつのせいで
夏の夜は
黄色いライターと
お友達なんだよな

あいつのせいで
夏の夜は
緑のうずまきと
Love　Loveなんだよな

おまえのせいで
夏の夜は
しばし起こされ
眠れないのさ

ああ

パンを齧（かじ）って
孤独かみしめ
Book読んで
感動ひとしお
朝焼け眺めて
ひとりつぶやく
ひとつ
ただ　ひとつ

ある段階

「変わったね」と
友達からいわれる

髪を切った訳でもない
失恋した訳でもない

それでも
私の中で
何かが「変わったんだ」

若さ故の行動力で動き出した時
これまでとは別の
違った風を
感じる段階（とき）がある

ある時　ある段階で

旅

誰にも告げずに
ひとりで　ぶらりと
行っちゃうのがいい

お財布握って
リュックを背負（しょ）って
Trainにとび乗り
見知らぬ街へ

STUDY

CD付きのテキスト片手に
もくもくSTUDY励んでいる
あなたへ　声援　贈ります
がんばれ　がんばろう
明日の自分夢見て
大（でっ）かい自分夢見て
がんばれ　がんばろう
いつの日か　君の夢が
叶っていますように！

テープのカセット聴きながら
もくもくSTUDY励んでいる
あなたを　応援　致します
がんばれ　がんばろう
明日の自分夢見て
大（でっ）かい自分夢見て
がんばれ　がんばろう

いつの日か　君の夢が
叶っていますように！

英語の　辞書片手に
もくもくSTUDY励んでいる
あなたへ　声援　贈ります
がんばれ　がんばろう
明日の自分夢見て
大（でっ）かい自分夢見て
がんばれ　がんばろう
いつの日か　君の夢が
叶っていますように！

どこまでもどこまでいっても　人生
LEARNの尽きることはないけれど
いつも　その姿勢忘れないでください
だけど　ハメをはずす時には
思いっきりハメをはずして
PLAY　PLAY遊びましょう思いっきり
だけどその後も

もくもくSTUDY励んでいる
あなたを　声援　致します

ひびけ～自分にできること～

ひびけ　声
ひびけ　愛
今　生きている　君に
祝杯を捧げよう
今　生きている　自分に
乾杯しよう

見つめあい　慰めあい
それは相手がいるから
できることじゃなくて
自分自身にもできること
明日を　生きようと
頑張っている　あなたへ
明日を　ふみしめようと
努力している　人へ
支えあい　認めあい
それは相手がいるから

できることじゃなくて
自分自身にもできること

これまで　生きてきた
君に　幸あれ
これから　生きていく
あなたに　福あれ
喜びあい　競いあい
それは相手がいるから
できることじゃなくて
自分自身にもできること

冬空

心にぽっかりと穴の空いた君
Ｋｅｙホルダーの
♥（ハート）見つめつぶやいた

今年も雪の降る季節
ひとり　寂漠（さみしい）

雪が積もり　外界（そと）は
銀世界だけれど
君　ひとり　部屋で
うずくまっていた

いつか　お陽様が
この雪を溶かして
春を運んでくるよ
きっと
すぐに

不安な世紀

強がっていても
一人じゃ　寂しい
ホントは弱い自分だってこと
知っているから
無理していると　息切れしちゃうよ
ホントの自分を見失わないで
ホントの自分を見つめていて
私らしく　素直に　生きていたい

負けたくない　その気持ち
失いたくない　でも
自分の居場所　わからないのは　イヤ
あやふやなこと　不安なこと　本当は　イヤ

生きてたい

誰かを　見つめて
誰かに　見つめられて
生きていたい

でも　時には　一人で
たった一人で　時間（とき）の流れに
身をゆだねて
生きていたい
身をまかせて
生きていたい

生きることを　拒否（こばみ）たくない

素直に　生きたい

疲れることはあっても
疲れきりたくはない

自分らしさ　見失いたくない

自分がわかりますか
自分の価値、存在をわかりますか

生きることを選択した　現在（いま）
自分だけは　失いたくない
自分のホントの気持ち
答えていきたい

生きていきたい
不安な世紀（いま）
私は　生きてたい

心の奥の…

心の奥の　叫び声に
あなたは　自分でこたえていますか
何時　いつでも
耳をかたむけていますか

叫び声　それを大にして
自分自身が生きていること
定義づけるって程じゃなくても
せめて　自分の存在だけでも
確認しませんか

そして　現在（いま）を生きて良かったと
思える日々を　そんな日々を
自分の力で　切り開いていこう
と思いませんか

花を咲かせて

線香花火が　好き⁉
それとも
夏の夜空に咲く　大輪の
花火が　好き⁉

夏の夜の　邪魔者を追い払って
夜中燃えつづける
蚊取り線香⁉

いずれでもない　恋　愛
花を咲かせて

修正

大きなため息を
ひとつついた後の
あなたの顔は
とても見れない

自分のマインドが
グルグルまわって
回転スピードが
すごい勢いでまわって
引き戻されて　また回転して

危ない　ドカンとぶつかって跡形もなくなる前に

砕け散る破片が吸収されて
元に戻って動きだした

一休符

ひとつひとつをみつめていけたら
明日は乗り越えられる
そう思って
今日も一日駆け出すの
でも毎日走り続けるのは
時にはつらくなることもあるんだ
その時は
ちょっと一休符（ワンきゅうふ）してみるの
そしてまた走り出すの
明日に向かって
自分のために

のってられない

のってられない
現在（いま）の世の流れに
不安を感じて
息苦しくなって
でも
私は生きていたい
だから
この混沌とした流れを
打破すべく現在
動き出そう
さあ
走り出そう
私たちの時代へ向かって
けれどすべての枠を取り払って
それを自由と呼べるのか
ある程度の規律、規則
そうルールがなければ

社会は動かない
自分勝手に気ままに生きるのもいいけれど
その度が過ぎれば
果てのない孤独な奴隷さ

正直言うと

正直言うと
今の私は寂しい
ただ強がっているだけ
本当はすごくもろくて
今にも壊れてしまいそう
そんな不安定な中に生きている
誰かに私の叫び声を聞いてほしいけれど
そう心の中で思うけれど
今の私は叫べない
自分がわからなくなる　こわくなる
本当はひとつ先を見つめて
立ちすくんでいるだけなの

ほら、そこに…

迷い込んでいる　見知らぬ世界へ
時に笑って　時に泣いて
自分の存在をアピールしても
気づかれても　煙たがられるだけ
こんな醜い容姿
アピール度もなく
嫌がられてつまみ出されそうになって
でも逃げまわって
泣いて　笑って
生きていることを告げている
そう理解（わか）って
迷子になっているのだけれど
元の世界へは　戻れない
自力で跳びはね駆けまわり
うごめいている
たとえ小さな小さな世界でも
生きているのに変わりはないさ

Cuoッそ

元の野原に戻れたとして
そして再び自由を得て
幸せに暮らせるだろうか
秋が今　そこにやってきている
君よ　そんなにセカセカ生きずに
耳をすましてごらん
立ち止まって　深呼吸してごらん
空を見てごらん
そこまで秋がやってきている
幸せは　夏の一瞬（ひととき）
それで終わってしまうのだろうか
endlessな喜びがほしい
歌を歌って春夏秋冬生き延びられる
それは飛蝗（ぼく）の我がままなのだろうか

君の部屋に迷い込んだこと
飛蝗が生きている
そのことを知ってほしかった
秋がすぐそこまでやってきていることも
知ってほしかった

駆け足の夏
君の　力いっぱいペダルをこぐ足
サンダルも少々くたびれてきている
君の背の汗
気にもとめずに電車へダッシュする
何をそんなに急いで生きている
君には大きな大きな夢がある
明るく輝く明日（みらい）がある
走りっぱなしじゃ疲れ果ててしまうよ
そんなに先を急ぐことはない
“生”を“生”として活かすこと
一人の力だけじゃないんだ

人生算

今日は今日の私
昨日までの過去は引きずらない
－(まいなす)－(まいなす)×(かけ)たら＋(ぷらす)になる
そう勉強したよね
人生　足し算ばかりじゃない
時には急いで駆けって掛け算もいい
大きく一歩踏み出して
××いくのも悪くない

混沌としたいまだからこそ
ステップアップは大きいよ
大きなお月様ほほえんでいる
こんなときはすべて私の味方ね
勝手すぎないって言われても
流れに乗ったら　それまで　生きていけるの

21

嫌なことからは誰でも逃げたくなる
でも逃げられないの
光が見える魅力あることなら
つらくても歯をくいしばって
やらなきゃって頑張れる
その光が見出せるか否か
暗雲立ち込めてその光が
かき消されそう
見えたり見えなかったりそんな不安な中へ
手を差し出していく
小さな私は臆病で弱虫で寂しがり屋で
大人になっても心はまだ幼いままなんだ

生まれたての赤ちゃんのよう

生まれたての赤ちゃんのよう
そう言われた
眠っていられる幸せ　目覚めたくないほど
でも目覚めなきゃ光は差し込まない
生まれたての赤ちゃんのよう
そう笑えない
そんな“生”なんて“命”なんて
こぎたなく思っていた
でも私もそんな生まれたての赤ちゃんのよう
眠っていられるんだ
そう思うと昨日のように思えるのだろうか

青写真

青写真描けずに生きていくのが窮屈になった
若いから悩むの　いつまで悩み通すの
人生凸あり凹ありの
片道切符のガタゴト列車
線路は自分で補修してやっていかなきゃ
仕方ないじゃん
窮屈でも　私　生きている限り
走って前へ進まなきゃ
休みたくても滞ってちゃいけない世の中
地球はぐるぐる動き回っているんだから

この地球に住む思いやり

流れ行く雲の速さに
移り行く時を感じて
こんなちっぽけな私でも
この地球（ほし）に生かされていることに
感謝しなくちゃと思った
この雲の数ほどの朋友（ともだち）と
天からもたらされる雨粒ほどの
同じ地球の生き物たちに
ありがとうと言いたかった

生かされていることをふと忘れて
わがままばかり言って
自由気ままにやりたいことやって
みんなにたくさん迷惑かけてきた
これからも
たくさんの迷惑をかけていくだろう
ごめんね

これからも許せるわがままは
寂しいんだねと聞いて
でも　許せないわがままは
だめだよと叱って
それがホントの思いやり

セプテンバー　ラスト　タイフーン

雲がかけっこしているよ
台風先生にしかられて
電線笑ってみているよ
台風先生おこらないで

半月　静かに
私を　照らし
９月最後の夜にウインク。

ありがとう

ありがとう　嬉しかった
勇気だして気持ち伝えてくれたこと
側にいてよく理解（わか）ったから
私への優しさも　いっしょにいて

自然なのが一番ね
互いに時間（とき）の流れを
気にすることなく話しちゃう
私は上手く気持ち伝えきれないけれど
よろしくね

大切な自分（わたし）に

息づまりそうな日々
すべてに「さよなら」して
ひとり部屋で
自分抱きしめてたい　ギュと
不安抱えて泣きだしそうで
でも涙こらえた
自分優しくつつんであげたい　そっと

誰でも他人（ひと）には見せられない
部分（ところ）あるよね
好きな人にも知られたくない
部分（ところ）あるよね

大切にして生きていこう
自分のこと
めちゃくちゃな世の中に
ふりまわされずに

自分のこと一番理解（わか）ってるのは
自分なんだから

罪

心の中の寂しさを癒しあうために
人は人を求めあうのだろう
若さ故の過ちの傷は
癒しきれないものなのだろう
求めあうその気持ちが
理解（わか）らないわけじゃない
顔を近づけささやく君に
無防備に心を許して優しくするのは
かえって罪なのかもしれない
でも人の温かさ人の優しさを
わけてあげたいと思ったから
寂しさに打ちひしがれて閉ざした瞳を
もっと見開いてほしいと思ったから
ちょっとだけ優しさという名の
情をかけてあげただけ

負けるもんか

私は枯れ葉じゃない
落ち葉でもない
二十歳そこそこで
踏ん付けられて黙ってられない
がむしゃらにもがきつづけて
出口見つからずに　また
蹴飛ばされても黙ってるものか
明日の私は自分自身で決めてやる
他人（ひと）の言うことなんか気にしない
自分が一番かわいいのは当たり前じゃん
他人（ひと）に踏ん付けられても
自力で起き上がってみせるさ
負けるもんか

私らしいよ

すべての針をゼロにして
１からスタートはじめよう
心も身体も　すべて
フレッシュアップ
風を感じて
両手を空へ広げて
駆け出していこう
一緒に
好きなものを好きと言って
笑っていたいよね
そんな素直な生き方
私らしいよ

陽を浴びて
両手を空へ広げて
駆け出していこう
一緒に

嬉しいことを嬉しいと言って
笑っていたいよね
そんな素直な表現
私らしいよ

迷ったら無理しないで
立ち止まってO. K.
また駆け出せばいいんだから

大丈夫

心の底からの叫び声が聞こえませんか
たとえようもない不安にかられた
でも、それでもその闇の中へ手を広げて
行かなければならない生きなければならない

闇におびえるなかれ
これまで生きてきた私の軌跡は
誰にも消すことはできない
神のみぞ知るその先の道を
方向づける舵取りをするのは
他でもない自分なのだ
否定されても否定されても
最終的に死の道への選択を
下さなかった自分は臆病だからでもなく
情けない奴でもなく
そこに強さがあるからじゃないのか
自分を誇りに思え　こんなちっぽけな

ちっぽけな自分でも何故に生きるか
愛じゃない
他でもない
自分の存在を　そんなむやみに
煙草の火でももみ消すかの如く
そんな一人の人間を安易に
消されたくないからだ
現世への未練か
笑いたい奴は勝手に笑ってくれ
見捨てる奴は見捨てるがいい
それでも最後に残った己のみが
私を守るのだ
泣きたい気持ちを　叫びたい気持ちを
吐き出したい
この何処へもぶつけようもない思いを
ぐっとこらえて
耐えているんだ

冬の陽溜まり

こういう冬の陽溜まりもあるんだね
そのことに初めてのように気づいた
「優しさ」という名のエッセンスを注がれて
風に舞う落ち葉のように
カサカサだった私の心を潤していってくれる
夏から秋　秋から冬へ
私はどれほどのものを見失ってきただろう
泣いても泣ききれないこれらの日々を
もう後戻りして取り戻すことはできない
この現在（とき）だって大事な時
自分自身をごみ箱行きにしない限り
これからつかんでいける明日がある
厳しさも必要
誰だって迷路に迷い込むことはある
自分が一番必要
そう思う時またひとつステップを
かけあがっている新しい自分に気づくよ

ごまかさないで

音楽聴いてごまかしている自分の気持ち
どうして素直になれないのだろう
ウソついて苦しむのは自分じゃない

なげだしたい　なげだしたくない
やりたいことたくさんあって
どれかひとつ選択（セレクト）しようと思うから
つらくなるのね

甘い甘い言葉で誘わないで
他人（ひと）をかまってあげられるほど
大人じゃないの
自分自身も時間（とき）に受け入れられなくなるほど
その包容力（キャパ）は弾力性にとんでる

お願い～Wind～

気持ちはSAYONARAしてる
気づいてた？
ずっと　ずっと　ずっと
待っていた

優しい声　甘い甘い慰めの声

もう後戻りなんか出来ない
あの頃へ
時間（とき）は待っててくれない
動き出すしかない
SAYONARA告げて
それぞれの道
歩き出す時間が来たのね

思い出たちを
最後のWinter Wind

一緒に連れ去って行ってね
最初のSpring Wind
大切に見守って　お願い

ちゅうぶらりん

めちゃくちゃだよね　毎日
それでも生きてるの　自分
何か秘めてると思う　可能性
子供以上大人未満
友達以上恋人未満
そんなちゅうぶらりんな現在（いま）を
手探りでもがいている
それを「イケナイ」という権利は
誰にもありはしない

モノ以上ココロ未満
小国以上大国未満
そんなちゅうぶらりんな島国（くに）を
足早にいそいでる
それで「O. K. 」という解答は
何処にもありはしない

探し物

優しくしてくれる人に弱いんだ
周囲からは愛情たっぷりに育ったように
見えただろうけれど
何か欠けていた
本当のぬくもり　本当の愛情
何故にがんばっていかなきゃならないの
雪の日　父と過ごした雪の日
少女は忘れない
欠けたものを埋めても埋めても
埋め尽くせないかもしれないが
それを埋める物を
探しているんだよね
望み物ではなくて探し物
人工物ではなくて……
有形、無形の。

SOS発信

大丈夫だよと自分に言い聞かせても
不安がどっと押し寄せてくる
親、先生、友達……
皆に迷惑かけてるとわかっている
それでも崩壊寸前の自分
壊しちゃいたくないから
焦って暴れて
SOS発信しつづけている
黄色の点滅ランプが
赤色に変わりかける瞬間
何度　幾度
その瞬間を
阻止したことか
未練があるから
自分可愛さから
臆病だから
小心者だから

そんな自分が嫌だけど
そんな自分を好きになれるのも
嫌を好にシフトできるのも
自分なんだ

やるっきゃないと思う時間

やるっきゃないと思う時間（とき）
その時間が
出発点
ポイントをラインできるよう
引き続けるっきゃないのさ

恐縮ですが
切手を貼っ
てお出しく
ださい

1 1 2-0 0 0 4

東京都文京区
後楽 2－23－12
(株) 文芸社
ご愛読者カード係行

書　名			
お買上 書店名	都道 府県　市区 郡　書店		
ふりがな お名前		明治 大正 昭和　年生　歳	
ふりがな ご住所	□□□-□□□□	性別 男・女	
お電話 番　号	(ブックサービスの際、必要)	ご職業	

お買い求めの動機
1. 書店店頭で見て　2. 当社の目録を見て　3. 人にすすめられて
4. 新聞広告、雑誌記事、書評を見て(新聞、雑誌名　　　　)

上の質問に 1. と答えられた方の直接的な動機
1. タイトルにひかれた　2. 著者　3. 目次　4. カバーデザイン　5. 帯　6. その他

ご講読新聞　　新聞	ご講読雑誌

文芸社の本をお買い求めいただきありがとうございます。
この愛読者カードは今後の小社出版の企画およびイベント等の資料として役立たせていただきます。

本書についてのご意見、ご感想をお聞かせ下さい。 ① 内容について   ② カバー、タイトル、編集について
今後、出版する上でとりあげてほしいテーマを挙げて下さい。
最近読んでおもしろかった本をお聞かせ下さい。
お客様の研究成果やお考えを出版してみたいというお気持ちはありますか。 ある　　ない　　内容・テーマ（　　　　　　　　）
「ある」場合、弊社の担当者から出版のご案内が必要ですか。 希望する　　希望しない

ご協力ありがとうございました。

〈ブックサービスのご案内〉
当社では、書籍の直接販売を料金着払いの宅急便サービスにて承っております。ご購入希望がございましたら下の欄に書名と冊数をお書きの上ご返送下さい。（送料１回380円）

ご注文書名	冊数	ご注文書名	冊数
	冊		冊
	冊		冊

再び　グランドの風を

春の風はまだ少し肌寒くて
君達ナインの背を
見守ってくれるには早すぎたのかしら
願う気持ち一つ
勝利のために
皆で力合わせ戦ったこと
忘れないでね

いつか季節めぐり
夏に夢を託しましょう
甲子園のグランド
再び帰ってきてね
その時　夏の風
ひとまわり大きくなった君達の
きっと味方してくれるから

中編

medium part

私たちが生きていくことにおいて、最も大切なことは夢を持つことではないでしょうか。大きな夢でも小さな夢でも、夢は人間を成長させる源泉だろうと思います。

1997年、私は、成人の日（98年１月15日）を迎えるにあたって「いまの私は未来の原石」と詠みました。その後、１年余りの詩作（〜99年３月）は、前編で挙げたとおりです。99年新年に私は次のように振り返っています。

〜自他共に認める頑張り屋、頑張ることはよいことだ、だが、自分の器以上のことに幾つも手出しした結果、自分自身の持つコンプレックスとの葛藤に悩まされることになった。二十歳を過ぎたのだから、と無理に大人ぶる自分とまだ子供な部分の自分と。夢に向けて一つ一つ地道に努力して行けばよいものを、あれもこれも一気にやっても若いから平気だ、大丈夫だと心のどこかで思っていた。応援してくれる周囲の人から無理しすぎるのはよくない、との助言をいただくようになって、少しずつ自分の膨大なやりたいこと、つまり、私の大なり小なりの夢々と現実とを照らし合わせてみる日々を持つようになっていった。

今でも気にならないといえば嘘になるが、やはり周囲のことが気になった。また、不安な社会の現状を前に、自分がおかれている立場、夢の実現性と自分との関係に焦りも感じた。焦り、不安になればなるほど、何も手につかなくなって夢もおぼろになりかけていった。こんな私は自分じゃない、とも思った。幸い、いつも私は周囲に自分のやりたいことと現状をアピールしているタイプなので、皆がそんな私を心配してくれた。おかげで、私は私、大きな夢でも小さな夢でも、自分で叶えていかなければ誰が叶えるのか、時間がかかっても自分のペースでやっていくことが必要だと改めて解ってきた。人の支えがあってこそ、夢は膨らんでいくことを実感した。欲張りなのも夢があるから、けっして悪いことではない。それが、１年をかけて夢のために私が学んだことである。夢が私を成長させてくれていること、夢があるから成長していけることを。再出発、これからの頑張りが、本当の私を成長させ、夢へと近づけてくれることと信じる。小雪の舞い散る寒風の如き処に出されても、寒さを覚えてもぐっと我慢して１歩を踏み出して行ける人になりたい。１歩がまた１歩２歩と、暖かい春のような処へと導いて行くだろう。どんな時も夢を持ち続けていれば生きて行けると信じる。～

　そして、99年３月末をもって、新年度を前に詩作休止を決定しました。自分自身の区切りをつけて、遅ればせながらも逆転を信じてのスタートをきる心積もりからでした。世間の風はますます厳しさを増し、大人たちの方へ向き合えば、いつもこっぱみじんにされる中、自分自身と仲間同士の励ましあいで乗り切っていました。まさに、限界ぎりぎりで漂っている状況でした。大人世界でもツケを払わされたものはバタバタばっさり、だったことは周知のとおりです。悪いことをやっていた人は当然の報いです。けれども、そうでない人まで、資本主義やらグローバルスタンダードを錦の御旗か何かに掲げて、このご時世に弱肉強食を断行してどれだけの人が幸せなのでしょうか（だからといって、私は社会主義がいいなんていうつもりは毛頭ありません）。でも、経済大国、カネの豊かさといって、真にカネの豊かささえ享受しているのではなく、価値観が多様化している中で、そういった豊かさ基準も変わっていきつつありますが、まだ、日本人は見せかけのカネの豊かさに翻弄されている気がしてなりません。こう思うのは、私だけでしょうか。大人たちのツケを背負わされているのが、私たちだけならば、まだ我慢して生き延びてやろう、と思いました。

99年６月、私は教育実習で中学校に社会の先生のタマゴとして行きました。２週間終えて、複雑な気持ちで、即刻田舎を追い出されて大学に戻りました。中学校に戻って、私が受けてきた教育がいかにひどく歪んでいたかが解りましたし、子供たちまで大人のツケをもろに払わされていることを改めて実感し、かつ、世間一般と余りにも乖離し過ぎている問題に対する温度差の違いに、やるせなさを隠せないほどでした。しかし、それでも、それを知る貴重な体験をさせていただいたということには感謝しています。そういうチャンスはなかなかありませんから。また、私自身、履歴書にしてしまえば、ごく普通にもかかわらず、人よりも欠けた部分がある代わり（誰でも、どこか欠けてるから人間なのですが）、違った経験もしてきている、それでもいまは生きていられることを否定するのではなく、肯定することがせめてもの自愛だと涙してしまいました。なにしろ、いま有名になっている学級崩壊だなんて、私、十数年前に義務教育初年度に経験済みなので、いまさら何いっているの、と笑ってしまうほどです。憂国の念をとおりこして、それでもしぶとく日本で日本人として生きています。それ以上にしぶといな、と思うのはこの国で公務員として生きようと思っていることでしょう。でも、私は逆にそこまで体感しているからこそ、公務員がいい、と強く思えるのです。

このご時世で猫も杓子も公務員志望なんて、と時に、公務員のことをあえてなのか、いろいろおっしゃる方もいらっしゃいます。私個人にピシャピシャ言われたことくらいでは、忍の字です。しかし、私とともに戦っている人達を前に批判されるのは、ほんとうにつらいことでした。それでも、二十歳を過ぎてそんなことに、いちいち目くじら立てるのも、と思っていましたが、私に直に喧嘩を売って来られては、大人気ないと思いつつ、売られた喧嘩は買いました。「職業に貴賤なし」という言葉の意味を知らないのでしょうか。そういうのがまかり通るのが、これまでの大学です。自分に研究したいテーマがあるからこその大学であり、ゼミナールがあるのですが。実は、この事件後、翌日には、公務員受験に行ってきたのが、他でもない私です。

数カ月間を見ただけでも、波瀾万丈のようで周囲には呆れ返られたりしています。こんな奴でも、まだ、生きています。死ぬのは一番嫌です。

後編

sequel

かけだしてゆきたい

かけだしてゆきたい
あの空の向こうへ
飛行機見上げながら
何処へ行くのか
気になっている私

かけだしてゆきたい
あの海の向こうへ
貨物船見つめながら
何処へ行くのか
気になっている私

息詰まりそうな日々は
何もせずにいる私の
罪なのだろうか
償うための
国外追放なら

喜んで
何処へでも
でかけてゆきます

%

すべてに負かされない
生き方をしてみたい
過去にふりまわされない
生き方をしてみたい
そのためにがむしゃらにガンバること
必要かもしれない
120%→150%→200%
乗車率じゃないんだから
いつもパワー全開でいられる訳じゃない
時に生き苦しさ感じて
逃げ出したくなることもある
それでいい
それでO. K.
コンピューターでさえ
時にイヤイヤ
ぐずるのだ

どうも

雨があがって
ほっとした
まぶしい日差しの中
傘もささずに
出かけていける

昨日までの日々に
さよなら告げて
そう耳元でささやいた
初夏の風に
感謝して
ドアを開けていきます

THANK YOU

やればできる

あきらめたくないからこそ
明日がある
何度もスリップしても
やりなおしは
まだできる
チャンスはある
やればできるのだ

新生

闇に葬ろう
その圧力に
「泣」の字onlyでいる奴はいない
「怒」の字onlyでいる奴もいない
時とともに
新たな「力の源泉」となって
生まれ変わっていく

Pureに生きる

世間知らずな人だといわれても
自分に素直に生きたい
ストレートに言葉発して
傷つき傷つけあっても
大人気ない大人であっても
生きていく限り
日々生まれ変わっている
世間知らずに育ったからとて
恥じ引っ込むことはない
堂々と前を向いて歩け
自分一人が×（ダメ）でもない
捨てる神ばかりではない
いつの日か
拾う神とめぐりあえる
その日を信じて
つらくとも
生きていきたい

忘れない

すべてを忘れない生き方をしたい
さまよいながら
生きてゆく　私
それでもいい
これですべてが終わりじゃない
ここからはじまる何かが
きっとあるはず

海峡花火

音だけがしている　でも見えない
海峡を彩る　大輪のHANABI
真夏の夜の一瞬だけの輝きよりも
現実の輝きを見失いたくないから
これでいいの、と言い聞かせてみる
光だけが残っている　でも見えない
海峡を彩る　大輪のHANABI
真夏の夜の一瞬だけの輝きよりも
現実の輝きを見失いたくないから
これでいいの、と言い聞かせてみる
ワンピースに身をつつみ　ひとり
部屋でTVをつけてごまかしてみたけれど
響いてくる音に誘われて
サンダルをかけてみた
けれど変わりはしない
２匹の犬と飼い主がいるだけ
これでいいの、と言い聞かせて

海峡花火を思い描いてみる
その美しさの陰で　やみの中
この歴史の地に消えた幾数の人々も
草葉の陰から　何と思い
見つめているのだろうか
草葉の陰から　何を思い
耳をすましているのだろうか

きっと

季節が行ったり来たりしている
この移り変わり目な時を
見逃さないで
１歩ずつ
今を信じて
歩いて行けば
世紀末の土砂降りの雨の中も
手をとりあって
のりこえられるよ
新しい千年紀（ミレニアム）の世界を
共に笑って
生きてゆけるよ
きっと

いつまでも生きてゆける

いつものように出かけて行く二人を
フルーティな香りが誘っている
真夏の日差しにちょっと疲れて
立ち止まってみる
この一瞬の時間（とき）を
包み込む永遠のカプセルが
あればいいのに
時計の針はいつも
無感情に進んでゆく
この時を忘れない　きっといつまでも
出会えたから　生きてゆける
もう大丈夫
もう二度と下手なマネはしないで
生きてゆける
いつまでも　生きてゆける

地球のどこかで

スコールにしてもひどすぎない
この雨の降り方
誰かの不安な気持ちを
アスファルトにたたきつけているみたい
雨粒が一つになって流れてゆく
どこまで行くの
どこへむかって行くの
流れはやがて懐かしの場所へと
集まってゆくのかな
あの夏の青い青い空を見上げて
大海へとこぎ出てゆく
ちっぽけな蛙でいたくない
そう誓った時から
あの夏の広い広い空を見上げて
公海へとこぎ出てゆく
描いた夢を拒まれたくない
そう願った時から

いつかいつか　この広大な宇宙の
惑星（ほし）の一つにすぎない
地球のどこかで
輝いて生きていたいと
信じ続けているから

忘れないでね〜チャンス〜

Pureな部分を
見失わないように
生きて行けるといいね
そんな気楽さも必要
自分自身の持つ
素晴らしさに
気づいた時こそ
生まれ変わるチャンス
忘れないでね
誰にも
一人一人の良さがあること
忘れないでね
誰にも
一人一人の優しさがあること

感謝の証

Thank you very much, help for me….
あの日　あの時間（とき）
携帯のメロディが流れなかったら
今の私　ここに在なかったかもしれない
なんて人だと思いながら
現世（いま）に未練があったから
受話器に出たの　きっと
未遂で終わった　今
生きていてよかった　と感謝している
感謝しても　足りないくらい
今　生きている私が
すべて感謝の証

よかった

再び詩（うた）が詩（うた）える
よかった
まだ生きていた私自身が
見失っていた自分自身を
つらかった　苦しかった
詩えなかった　あの日々
乗り越える勇気をくれた
人達に感謝して
今日も生きてゆける
詩（うた）を詩（うた）いながら
一人じゃない
この地球の上で
息をしていられる　幸せを
全身で受けとめて
思いっきり叫びたい
再び詩（うた）が詩（うた）える
よかった

まだ生きていた私自身が
見失われてなかった
見捨てられてなかった
時にこんな経験をしても
その度ごとに強くなって
生きてゆける
詩ってゆける
いつまでも
ずっと　ずっと
地球（ほし）と共に
道が続いてゆくまで

今ここに生きている

どんなに頭垂れても
犯した罪の傷は一生
心に残ってゆくだろう
ついてゆけなかった夢
追いかけてゆけなかった夢
ひとり　もがき苦しんだ
あの日々はもう帰らない
時間の針を戻すことはできない
ついてゆきたかった
追いかけてゆきたかった
その思いだけは今も変わりはしない
けれど　今すぐには……
永遠の夢のまま終わってゆくかもしれない
永遠の夢のまま終わらせたくはないけれど
目には見えない数々の重圧に
一人で立ち向かっていくには
若すぎたのかもしれない

一人で立ち向かっていける程
強くなかったのかもしれない

今　ここに生きている
それだけで　精一杯
今　ここに生きている
それだけが　唯一
今　ここに生きている
罪ほろぼしなのかもしれない

ハートボックス

朝からつれない顔をしている時は
本当は誰にも会いたくない
一人部屋で自分一人が
この地球に抱かれていたい　と思いながら
それでもいつもの時間に出かけて行く
重い心の箱を自分で閉じて
無理して環境（まわり）にあわせてみても
私の言葉（ことのは）鋭（とが）っていく
そんな自分に気づいてほほ笑みだけ　残し
今日は去っていく　それでも
一人部屋で自分一人が
この地球に生きていたいと思いながら
未来を夢みて　明日も出かけて行くだろう
今日は眠りにおちて　夢の中
疲れた心と身体を癒そう

だれかの話

電池に例えるとね
内圧外圧受けてね
電池セットできない状態だったのよ
はじめは
ソフトランディング試みたけれどね
結局ね
何処かの経済(エコノミック)じゃないけれど
思うようにいかなくて
ハードランディングして
電池そのものひっこぬいて
充電したの
充電しすぎた分をね
ちょっと放電してね
今　やっと
電池をセットできるかな　という状況なの

バトンタッチ

自分といると　いつも
私の放つ言葉のナイフが
鋭さを増して刻まれていく
一人になって恐くなる
戻れない　あの頃
忘れたくない純粋さ
けなげな言葉で語れていた
あの優しさをどこへ置いてきたのだろう
忘れていないピュアさ
こうして一人傷つくのは
こうして一人寂しい顔をしていても
今日から明日へ
時間（とき）は流れていく
私の心のバトンは
結局　最後は
自分自身が受けとって
次へつないでいく

数じゃない　思い出たちの
喜び悲しみの重さなのよ
人はこうしてまた生きていける
夜明けがくれば　また走りだしていける

季節の自由

どうして迷い込んでいるの
君のいる場所じゃないよ
去年は飛蝗（バッタ）
今年は蟋蟀（コオロギ）
季節の使者は有り難いけれど
少し困った迷子さん

どうして飛び回っているの
君のいる場所じゃないよ
去年は飛蝗（バッタ）
今年は蟋蟀（コオロギ）
季節の使者はうれしいけれど
外へ放ってあげましょう

秋の到来
それは虫達にとっても
もの悲しく　せつないものかもしれない

いずれやってくる冬を前に
精一杯の力で飛ぶがいい
精一杯の力で鳴くがいい
季節の自由を謳歌するがいい

国物語

かつて大国に恋をした
その包容力をうらやましく思ったけれど
その大きさの中にひそむ
みにくさに愛想つかして
恋は終わった

かつて小国に恋をした
その身軽さにあこがれたけれど
その小ささゆえにもつ
不安定さに愛想つかして
恋は終わった

かつて豊国に恋をした
その経済力をうらやましく思ったけれど
そのリッチさにおぼれた
盲目さに愛想つかして
恋は終わった

かつて貧国に恋をした
そのひたむきさにあこがれたけれど
プアーさに限界がみえて
精一杯に愛想つかして
恋は終わった

今なにに恋して　なにを愛せばいいのだろう

Smile

スリムにスマートにスマイル絶やさず
生きれたらいいね
そんな君が好き
そんなあなたが好き
雨の日晴れの日曇りの日
いっしょにくりだそう

スリムにスマートにスマイル絶やさず
活きれたらいいね
そんな街が好き
そんなお店が好き
雨の日晴れの日曇りの日
いっしょにふれあいたい

海峡の光と風をうけて
歴史の香りにふれて
笑顔でいれば

きっと素敵な明日に出会える
そう信じて今日もいきてゆく

フルスピードな時間（とき）

久しぶりにchaiたしなんで
新しい曲（うた）ながして
忙しい日々を過ごした自分
いやしてあげよう

夢に向かって
せわしなく勝ち気に動いている自分
ゆずれない
あきらめられない
現在（いま）という時期（とき）との
歯車がまだかみあっていないだけ
いずれ形になる夢
そう信じているからたたかえる

くじけそうになった時　支えてもらった
「ありがとう」を
いつまでも忘れずに心に刻んでおく

なげだされそうになった道を
再び歩いてゆける

若さいっぱいスピード出し過ぎで
ブレーキがきかなかった
過去をとやかく言っても
今更　仕方ない
とりかえしのつくものじゃない

気づいてよかった
ゆずれない
あきらめない
まだ夢見ているの　と言われても
まだあきらめきれない

壁

Chaos（カオス）の中を走っていた
こんな不器用にしか生きれない
笑って
涙があふれてきた
とめどもなく流れてきた
一人で鉄のカタマリに揺られて
顔をhandkerchief（ハンカチ）で覆うのが
精一杯だった
車窓の外界（そと）に広がる世界は
本来はCosmos（コスモス）なのかもしれないけれど
私は外界（そこ）から逃げたかった
脱出したかった
崩したかった　目に見えない世界の壁

私の主張

大人たちのしがらみの中で
生きたていきたくない
それが
twenty-two
二十歳（はたち）を過ぎて
世間からみれば大人になった
私の主張

potential

何も私から仕掛けたことじゃないけれど
フト　立ち止まれば
私も仕掛けたような気がする
人の心なんて誰も理解（わか）りはしない
時間（とき）の移ろいの中で
変わってゆくから
特に若い頃は
手の掌（ひら）返すように
変わっていくこともあるのかもしれない
そんなハズじゃないと思っても
時間（とき）は止まってくれない
寂しがり屋な私の心を誰も知りはしない
なんでこんな日に
こんな人込みの中にいるのか
こんなハズじゃないとわかっていても
自分ごまかして
無理にフルまっている

そんな時に詩（うた）を
詩（うた）を歌える訳ないじゃない
自分自身は理解（わか）っていても
暗闇の中
この闇と同じ色の心をかかえて
歩いている
なぐさめようにも
なぐさめようがない
身から出たサビってこんなことを言うのか
一人なげ出され　もがいて
暗黒の海をもがきつづけて泳ぎきれれば
良かったのかもしれない
泳ぎ疲れちゃいけないと
理解（わか）ってはいたけれど
すべてに見放されて
沈んでいきそうになっていた
戻りたい
戻れない
深いボトルネックの海から
泣いてもわめいてもしょうがない

時間（とき）は一方通行
沈み落ちなかっただけマシ
本当は落ちてしまったのかもしれないけれど
ここまではいあがってきたのだから
どうにかして
生きてゆける
potential（ポテンシャル）を信じて

sky　アゲハ

ずっと探していた
青空
ちょっとだけ開（あ）いた隙間から
見えた
青空をつかみたくて
もがき
青空にむかって
蝶のように
自由にはばたきたいと
強く願った
sky　アゲハ

エッセンス

手帳に言葉のエッセンス
書き留めて
明日を生き抜く強さに
変えている
そんなまじないごとしている
ちっぽけな自分自身を
少しはいたわったらどうなの
周囲の方が気をつかって
ハラハラドキドキ見ている
私自身も理解（わか）っている気づいている
でも　すぐには変われない
この年歳（とし）まで
メチャクチャにがむしゃらに
生きてきたんだから
何処かでレールのポイントを
間違ったと他人（ひと）は
思い言うけれど

それを悔しがったって
どうしようもないんだから
現在（いま）を現在（いま）として
受けとめてゆくこと
それしか出来ない
それが大切なこと
時期（とき）が変われば
上手（うま）くいくようになることもある
苦しかった分
ひとつ
大人になれた

困難の克服

Seventeenのとき　あの橋から見つめた
水の青さは　今も変わっていないだろうか
生きることの意味を考え
自分自身に問うた
冬の寒さが身にしみた頃だったけれど
橋の中央（まんなか）で一人思いつめていた
Seventeenのとき　あの場所から目にとびこんできた
山の緑（あお）さは　今も変わっていないだろうか
自然の息づきに比べれば
私自身の生命（いのち）なんて
ちっぽけなものだと
気づかされた
あの時もゆずれない夢、思いが
あったんだよね
もうずっとあの場所には帰っていないけれど
帰りたいけれど帰ったら……と
思うと怖くて　一人では帰れずにいる

つらく悲しい時　いつも思い出す
あの日あの場所で一人誓ったこと
涙あふれてきて思うのは
流されない　私
いつ　完成するのかということ

ふふふ

この微妙な時期（とき）が
一番やり場のない時
そう
自分でも理解（わか）っている
けど
どうしようもない
この不安定さ
打ち破って打ち砕いて
目には見えない網をはらいのけて
私自身の道へと
進んでゆきたい
時期（とき）と時間（とき）とが
ピタリとかさなりあって
動きだす時期（とき）まで
じっと待てはしない
自分自身の内と外で
カイカク・カイゾウして

その時期（とき）が来るまで
待てばいいのに
素直じゃない　それはこの惑星（ほし）に
息づいた時期（とき）から
見かけによらず
たくましさも弱さも
あわせ持っている
誰もがそうでしょう

動き出すために

歌を詩（うた）ってばかりいちゃ
冬という名の峠は越せない
そんなこと百も承知だけれど
歌いたいときに歌を詩（うた）っていたい
そんなキリギリスさんみたいな
いき方をしてちゃ
危ないとアリさんは言うけれど
ウサギとカメのウサギさんに
そっと
地中でPowerを蓄えていればいいんだと
誰かが伝えてくれた
やりたい時にやりたい事をして
それのどこが悪いの
したい時にしたい事をして
それのどこがいけないっていうの
そんな古い考えにしばられていちゃ
世紀を越えて生きてはゆけない

新しい世紀は
もっと自由奔放に生きれれば
いいのにね
古いしがらみを誰かのPowerで
変えていかなくちゃ
皆のPowerで乗り越えて
いかなくちゃ
動きださない

ふう

解答なんて何処にもありはしない
こたえは
いつもあなたの心の中
潜んでいる
秘めている
そう
びびでばびでぶー

間違いなんて何処にもありはしない
間違いは
いつもあなたの体の外
散らばっている
拡がっている
そう
びびでばびでぶー

そんな心配なんかしなくていい

時には
トコトン落ち込んでみる療法もあるけれど
笑顔でいれば
どんな時も生きてゆける

ピース・グリーン

フライパンの上で煎られている豆のよう
火圧で弾かれても
とび出さないようにフタがしてある
とうめいなフタから外界を眺（み）ることができても
豆は再びフライパンの中に押し戻される

フライパンの上で煎られている豆のよう
熱くなって弾けてみても
とび出せないようにフタがしてある
とうめいなフタだから外界を眺（なが）めることができても
豆はフライパンの中をかけずりまわっているだけ
重いフタを押し除（の）けることはたやすいことではない
外界へとび出そうと体当たりしても
今の豆にはひびを入れていくパワーしか持ち得ない

１回１回のひび入れがやがて

大きくなって割れるのを待てばいい
だが
誰か火力をもっと強くして
誰か重いフタのつまみをとって　と
弱音を吐きそうになる
パワーをつけることが大事と理解（わか）っている
豆は己の小ささも理解（し）っている

やりきれなさにコンコンじだんだ
ふんだところで
何かが変わる訳じゃない
それでも
行き場のないパワーを
どうにかしたくて
傷つき
傷つけ
豆は　生きている

昔話

有名人の歌詞（うた）じゃないけれど
16歳，17歳，18歳と……
それでも　そんな私の過去が知りたいなら
欠けている３rdのＣＤのセカンドに
そのヒントが隠されているのかもしれない
何かを得るということは
何かを失うということかもしれない
それでも　その得るものが
守りたいもの　貫きたいものならば
それでいいじゃない
あの時期（とき）　あのつらさがあったからこそ
今の私がここにある
貫きたかったものを　自らの手で葬ったからこそ
今の私がここにいる
あの時期（とき）　自らかつてない賭けをした
それのどこが悪いの
今は幼き日々を過ごした場所に

眠っている
有形の作品たちを目にすると
あの頃に　引き戻されてしまうこともある
大事な　大事な　宝物
それでいい
それが過去
未来はもう動き出している
現在（いま）から動かなくては
未来はもう動き出している

おわりに

おわりに、といってもこれでおわりなんてないと勝手に思っています。私、自分はこの詩作者であり、あなたであり、他の誰かであり。それが人間のあるひとコマをセッティングした姿です。その人間をみつめ、向き合いたい、そんな気持ちからの表現です。

タイトル名「Ｃｕｏッそ」は、他でもない中国語のトイレを意味する単語からもじったものです。画面に向かってキーをたたいている私の目の前には小さな中国地図が張られています。

私は一度だけ、日本を抜け出したことがあります。その行き先が中国でした。

もうお解りでしょう。詩を読んでいただいた皆さんには、私がいかに世間知らずの若造か、ということです。でも、生きて、また、中国やバングラディシュやインドやアジアをはじめ、ロシアや中東やアフリカやヨーロッパやアメリカへ行ってみたいと思います。

いつのことになるか解りません。私が、ヨボヨボのお婆さんになっても、まだそんなことを言いつつ、日本から二度目の海外を経験する事なく生きているかも知れません。

しかし、人間のいるところ、皆どうやって生きているんだろう、どういう生き方してるんだろう、ということに興味があります。そして、人がいる限り、私が生きている限り、何処にいても私の詩作の心の旅は果てしなく広がっています。

ある意味、恥も何も脱ぎ捨てて、出版依頼を致しましたのは、きちんと活字にすることで、一人でも誰かの目に触れて、何でも何か感じ取ってもらえるものがあれば、とこれまたストレートに思ったからです。

最後になりましたが、これまで、このわがまま娘が生きて行くうえで支えて下さった、たくさんの人々に感謝しても感謝しきれません。ありがとうございます。特に、私の大学時代ご迷惑をおかけしている先生、仲間等には言葉では言い尽くせないほどです。

平成11年９月吉日

SNBしるす

Cuoッそ

2000年5月1日　　初版第1刷発行

著　　者　S N B
発 行 者　瓜 谷 綱 延
発 行 所　株式会社文芸社
〒112-0004　東京都文京区後楽2-23-12
電話　03-3814-1177(代表)
03-3814-2455(営業)
振替　00190-8-728265

印 刷 所　株式会社平河工業社

ISBN4-8355-0211-6 C0092